Zärtlichkeiten unterm Weihnachtsbaum

6 Erotische Geschichten

VALLEETSY

DON'T WAIT!
SCAN THE CODE AND
START YOR JOURNEY

SCAN ME

GET MORE INFORMATION
VALLEETSY-BOUTIQUE.COMPANY.SITE

Eine
Weihnachtsüberraschung

Wir haben vor Kurzem ein unerwartetes „sexuelles erstes Mal" erlebt, das uns beide umgehauen hat. Dies ist die Geschichte der Vorgeschichte, und obwohl wir nicht genau wissen, was die „Überraschung" ausgelöst hat, hoffe ich, dass wir sie in Zukunft wiederholen können.Als Weihnachten näher rückte, ließ ich meine Frau wissen, dass ich 12 Tage lang Weihnachtsgeschenke für sie vorbereitet hatte, darunter einen zweitägigen Aufenthalt in einem örtlichen Resort in Nord-Idaho. Jeden Tag gab ich ihr einen Brief und ein Geschenk. An manchen Tagen war das Geschenk eine Pediküre oder Maniküre. An anderen Tagen war es eine aufmerksame Aufmerksamkeit, von der ich wusste, dass sie sie schätzen würde. In allen Nachrichten drückte ich meine Liebe zu ihr aus und ließ sie wissen, was ich dachte und fühlte und wie ich unsere Ehe und Intimität – geistig, emotional und körperlich – weiter verbessern wollte. Schließlich sind sie alle miteinander verbunden.Am Sonntagmorgen, dem 22. , sollten wir zum Resort aufbrechen. Wir standen früh auf, um uns für den Frühgottesdienst in der Kirche fertig zu machen, und begannen damit, gemeinsam zu duschen. Ich seifte ihr Haar ein und seifte dann ihren Körper ein, wobei ich mit meinen Händen jeden Quadratzentimeter ihrer seidigen Haut überstrich. Sie drehte sich um und lehnte sich an mich zurück, während ich mit meinen Händen über ihre vollen Brüste strich und meine Finger über ihre Haut gleiten ließ, bis sie die Spitze ihres teilweise rasierten Hügels erreichten.„Sieht aus, als könnte dir eine kleine Auffrischung guttun", flüsterte ich ihr ins Ohr.

„Schließlich habe ich vor, in den nächsten zwei Tagen viel Zeit dort unten zu verbringen!"Sie drehte sich zu mir um und ich griff nach dem Rasierer und der Spülung, die ich schon bereitgelegt hatte. Als sie sich breiter hinstellte, ließ ich mich auf die Knie sinken und begann, die glatte Haut zwischen ihren Beinen zu rasieren, wobei ich ihren Unterlippen besondere Aufmerksamkeit schenkte, auf deren Küssen ich mich später am Abend so freute. Dann seifte ich alles wieder ein, ließ meine Hände über ihre Muschi und ihren Hintern gleiten und erkundete mit meinen Fingern ihre beiden Löcher. Sie seufzte lustvoll und stöhnte niedergeschlagen, als ich ihr sagte, dass es Zeit sei, aufzustehen. Trotzdem war sie einverstanden, dass wir nicht zu spät zur Kirche kommen wollten.Auf der Fahrt dorthin gab ich ihr einen Brief und ließ sie „ Sex or Worship " von LoveGrace auf MH lesen. Es ist eine wunderschöne Darstellung von Sex in der Ehe als Akt der Anbetung und führte zu einer großartigen Diskussion; wir waren auf dem Weg zum Gottesdienst in der Kirche und begannen ein Wochenende voller Verheißungen von Sex in der Ehe.Nach einem großartigen Gottesdienst machten wir uns auf den Weg zum See und vervollständigten abwechselnd den Satz „Es ist so romantisch, wenn …". Wir machten jeweils sechs oder sieben Sätze und wechselten dann zu „Es fühlt sich so gut an, wenn …". Das war eine großartige Möglichkeit, die Stimmung weiter anzuheizen und die Erwartungen weiter zu steigern und uns gegenseitig mitzuteilen, was uns gefiel.Unterwegs machten wir Mittagspause und setzten dann die Fahrt zum Resort fort.

Ich hatte einen frühen Check-in vereinbart, danach gingen wir ins Zimmer. Als wir eintraten, umarmten und küssten wir uns. Es fühlte sich wunderbar an, meinen Körper gegen ihre weichen Kurven zu drücken und meine Härte in sie hineinzustoßen. Unsere Küsse wurden leidenschaftlicher, während wir einander genossen und unsere Hände über die Kleidung des anderen hinauswandern ließen.Ich unterbrach sie und wieder stöhnte sie auf. „Schatz, ich habe Karten für ein Weihnachtskonzert. Wenn wir so weitermachen, wirst du keine Zeit haben, dich fertig zu machen, besonders wenn ich dich jetzt so verschlinge, wie ich es am liebsten täte", sagte ich stirnrunzelnd. „Aber wir müssen den Spaß nicht ganz aufgeben", fügte ich hinzu und mein Stirnrunzeln verwandelte sich in ein Grinsen, als ich ihr ein Höschen reichte. Das war nicht irgendein Höschen. Dieses Paar hatten wir bei ein paar besonderen Anlässen getragen. Im Schritt war ein kleiner Beutel eingenäht, in dem sich ein kleines ferngesteuertes vibrierendes Geschoss befand, und sie lächelte, als sie es erkannte.„Hmmmm, also hast du vor, mich die ganze Nacht lang zu ärgern?"„Darauf kannst du wetten", antwortete ich. „Jetzt zieh dir die Sachen an. Wir müssen los, sonst kommen wir zu spät zur Show."Sobald sie aus dem Badezimmer kam, drückte ich auf die Fernbedienung und ein Grinsen erhellte ihr Gesicht. „Ich sehe, du verschwendest keine Zeit", lächelte sie.Ich grinste nur zurück und hatte die nächsten zwanzig Minuten Spaß daran, die Vibrationen ein- und auszuschalten. Erst als wir im Zuschauerraum saßen, begannen die Probleme.

Der Bullet war leise und es gab Hintergrundgeräusche, aber ich stellte sicher, dass ich den Bullet jedes Mal ausschaltete, wenn jemand vorbei musste, damit niemand mit scharfem Gehör merkte, was los war. Wir saßen am Gang, also musste ich stehen bleiben, um die Leute in den Mittelbereich zu lassen. Als die vierte Gruppe vorbei musste, stand meine Frau unbeholfen auf und ich merkte, dass etwas nicht stimmte.„Mach es aus", flüsterte sie mir ins Ohr.„Das habe ich", antwortete ich.„Nein, hast du nicht", antwortete sie sofort, während die Anspannung in ihrem Körper zunahm.Hektisch drückte ich den Knopf auf der Fernbedienung in meiner Tasche, aber ihr Blick sagte mir, dass ich keinen Erfolg gehabt hatte. Ein anderes Paar kam näher, um vorbeizukommen. Dieses Mal stand sie nicht auf, sondern drehte ihre Knie zur Seite, um sie vorbeizulassen, und schloss dabei die Augen. Ich konnte sehen, dass sich ihre Atmung verändert hatte, und wusste, dass ich die Anzeichen eines bevorstehenden Orgasmus erkannte. Ich fühlte mich schlecht und gleichzeitig erregt, weil ich wusste, dass ich meine Frau versehentlich in die Lage gebracht hatte, einen Orgasmus zu haben, während sie direkt neben völlig Fremden saß.Schließlich zog ich in meiner Verzweiflung die Fernbedienung aus meiner Tasche. Ich versteckte sie in meiner Hand hinter dem Programm und bewegte sie so nah an ihre Muschi wie möglich, ohne Aufmerksamkeit zu erregen, und drückte den Knopf. Ein Ausdruck von Erleichterung und Frustration huschte über ihr Gesicht und sie lehnte sich entspannt im Sitz zurück.

Wir sahen uns an und begannen nach einem Moment über das zu kichern, was wir hofften, immer noch unser Geheimnis war.„Die Batterien müssen schwach sein. Tut mir leid", sagte ich ihr ins Ohr.„Nein, bist du nicht!", antwortete sie mit einem frechen Grinsen.Als das Licht ausging und die Musik begann, nahm ich meinen Mut zusammen und versuchte es noch einmal. Und tatsächlich stellte ich fest, dass ich die Kugel normalerweise sofort reagieren ließ, wenn ich die Fernbedienung direkt neben ihren Oberschenkel hielt. Normalerweise.Aber es gab Momente, sowohl geplante als auch ungeplante meinerseits, in denen die Vibrationen mehrere Minuten anhielten, oft ohne dass ich es bemerkte. Die Fernbedienung vibrierte nämlich genauso wie die Kugel und sollte mir Feedback darüber geben, was sie fühlte. Aber jetzt war die Fernbedienung manchmal still, als wäre sie ausgeschaltet, aber ohne dass ich es wusste, vibrierte die Kugel immer noch.Dies brachte meine Frau mehrmals an den Rand eines Orgasmus. Wegen der Dunkelheit und der lauten Musik musste sie meinen Arm drücken, um mich an ihrer misslichen Lage teilhaben zu lassen. Meine konservative Frau befand sich in einer Situation, in der sie unglaublich erregt war und Angst hatte, entdeckt zu werden. Zum Glück für mich war sie eher erregt als verärgert!!Nach der Show gingen wir in die Innenstadt und verbrachten ein paar Stunden mit unseren Lieblingsbeschäftigungen. Für sie war es Einkaufen und Stöbern in all den urigen Läden, die für Weihnachten dekoriert waren.

Für mich war es, ihr zu folgen und zu versuchen, sie in unerwarteten Momenten mit Vibrationen zu überraschen.Schließlich gingen wir zum Abendessen. Ich hatte bei „Beverly's" reserviert, einem sehr romantischen, gehobenen Restaurant mit Blick auf den See. Wir waren etwas zu früh für unsere Reservierung, aber sie konnten uns sofort in einer kleinen Nische unterbringen, wo wir nebeneinander sitzen konnten. Sie war in einer Ecke im hinteren Teil des Restaurants versteckt und sehr privat. Normalerweise hätte ich lieber am Wasser an den Fenstern gesessen, aber für heute Abend war dies der perfekte Ort. Wir konnten noch die Lichter und die Aussicht draußen sehen, aber wenn sich die Leute nicht unbeholfen umdrehten, um uns anzusehen, waren wir völlig verborgen.Wir bestellten ein absolut köstliches Abendessen und schwelgten dabei in Erinnerungen an unsere schönsten Urlaube und sexy Kurztrips der letzten Jahre. Ich unterbrach das Gespräch, indem ich den Vibrator ein- und ausschaltete. Da wir uns so nahe waren, schien er jetzt viel zuverlässiger zu funktionieren, wenn auch nicht perfekt. Als der Kellner kam, um nach unserem Essen zu fragen, sagte ich ihm, es sei wunderbar, aber meine Frau blieb seltsam still. Als ich sie ansah und die Anspannung in ihrem Gesicht sah, wurde mir klar, was los war, aber ich konnte nichts tun, ohne weiteren Verdacht zu erregen. Ich glaube, der Kellner dachte vielleicht, dass etwas im Gange war, denn er ging nicht sofort, sondern machte Vorschläge für das kommende Dessert.

Es schien mir, als würde er meiner Frau besondere Aufmerksamkeit schenken, die die ganze Zeit über still blieb.„Mach es aus, schalt es aus!!", zischte sie, sobald er wegging.„Tut mir leid", sagte ich verlegen.Aber anstatt genervt zu sein, beugte sie sich vor und küsste mich auf die Lippen. Dann sah sie sich um, ob jemand zusah, nahm ihre Serviette und legte sie mir auf den Schoß. Mit einer Hand nahm sie eine Gabel und biss in ihre Jakobsmuscheln. Mit der anderen griff sie unter die Serviette und tastete nach meinem Reißverschluss. Das hatte sie noch nie zuvor in der Öffentlichkeit getan und es ließ mein bereits steifes Glied diamantenartig werden.Zuvor hatte ich sie wissen lassen, dass ich keine Unterwäsche trug, in der Hoffnung, dass sie versucht sein könnte, den einfachen Zugang auszunutzen. Jetzt zahlte sich mein Plan aus. Für jeden, der zusah, sah es so aus, als würde sie den Anblick genießen, aber in Wirklichkeit streichelte sie meinen harten Schaft, den sie durch meinen offenen Reißverschluss gezogen hatte. Jetzt war ich an der Reihe, angespannt und nervös zu sein. Ich war so lange erregt und erigiert gewesen, dass ich schnell spürte, wie ich mich dem Höhepunkt näherte.„Das solltest du wirklich lieber lassen", warnte ich mit geballten Zähnen. „Oh, als ob du die ganze Nacht angehalten hättest?", antwortete sie mit einem schelmischen Blick.„Ich werde eine so große Sauerei anrichten, dass ich sie nicht mehr saubermachen kann!", stöhnte ich.Ihre einzige Reaktion war ein Lächeln, während sie mich eindringlich ansah und meinen mit Vorsaft benetzten Schwanz noch fester umklammerte.

Kurz bevor ich zu explodieren drohte, nahm sie ihre Hand weg, wandte sich wieder ihrem Essen zu und leckte die klare Flüssigkeit von ihren Fingern, als würde sie einen Bissen vom Teller genießen.Ich stöhnte erleichtert und enttäuscht auf und war kurz davor, vor Verlangen nach Erlösung zu platzen. Erst in diesem Moment bemerkte ich neben mir, wie jemand an uns vorbeiging. Wir waren die ganze Nacht so ineinander vertieft, dass wir beide nicht bemerkt hatten, dass es rechts von uns eine abgeschiedene Rampe gab, die zu einem kleinen erhöhten Bereich mit einer Bushaltestelle und einem Weg von der Küche zum Herausbringen von Essen führte. Es bot auch einen nahezu perfekten Aussichtspunkt für jeden, der Lust dazu hatte, beispielsweise einen Hilfskellner oder Kellner, der von hinten auf uns herabschauen und einen klaren Blick auf unsere Schoße hatte.Der Knüller in diesem Moment war unser Kellner, der uns die Rechnung brachte und fragte, wie uns das Essen geschmeckt hatte. Obwohl er diskret war, schien mir sein Lächeln darauf hinzuweisen, dass er über mehr als nur das Essen sprach.Ich plapperte zurück, dass das Essen wunderbar gewesen sei, tat aber bestimmt nichts, um seinen Verdacht hinsichtlich des gerade Vorgefallenen zu zerstreuen.„Ich glaube, es ist Zeit zu gehen", sagte ich mit einem schiefen Lächeln zu meiner Frau und bezahlte schnell unsere Rechnung.Dann geschah „die Überraschung". Als wir aufstanden, um zu gehen, bemerkte ich einen verwirrten und verlegenen Ausdruck auf ihrem Gesicht.„Ähm, ich muss auf die Toilette", stotterte sie und ging direkt auf das Schild zu, das zur Damentoilette zeigte.

Ihr Gang sah aus, als würde sie versuchen, sich nicht in die Hose zu machen. Als sie schließlich zurückkam, war der verwirrte Gesichtsausdruck immer noch da.„Lass uns zum Auto gehen", sagte sie ohne Erklärung zu mir, hielt aber ihre lange Jacke vor sich, anstatt sie zu tragen.„Was ist los?", fragte ich, als wir endlich im Auto waren.„Ich bin mir nicht sicher!", antwortete sie. „Sobald ich aufstand, fühlte es sich an, als würde ich mir in die Hose machen. Es fühlte sich nicht an, als würde ich pinkeln, aber ich spürte, wie mir ständig Flüssigkeit an den Beinen herunterlief, und ich konnte es nicht stoppen, egal wie sehr ich es versuchte. Ich hinterließ eine Pfütze auf dem Boden des Restaurants neben unserem Tisch und tropfte den ganzen Weg bis zur Toilette. Als ich mich hinsetzte, spritzte es nur so heraus und der Schritt meiner Hose und meine Beine waren völlig durchnässt. Es war kein Urin, es war völlig klar und roch überhaupt nicht nach Urin."Bis zu diesem Zeitpunkt unserer Ehe hatten wir noch nie Erfahrungen mit Squirting gemacht. Wir hatten ein- oder zweimal darüber gesprochen, aber wir dachten, dass es nicht passieren würde. Wir wissen immer noch nicht wirklich, ob sie gesquirtet hat oder nicht, aber sie schätzte, dass sie mindestens eine halbe Tasse Flüssigkeit verloren hatte, wenn nicht mehr. Sie hatte keinen Höhepunkt erreicht, war aber mehrmals am Rande des Abgrunds gewesen und stundenlang hochgradig erregt gewesen. Unsere beste Vermutung ist, dass sie einfach die ganze Nacht lang Flüssigkeit produziert hatte und sich diese während des Abendessens in ihr angesammelt hatte, bis sie aufstand und die Schwerkraft die Oberhand gewann.

Was auch immer es war, es war eine Premiere und ich wollte ihren extremen Erregungszustand nicht ungenutzt lassen.Auf dem Rückweg zum Resort bekam ich keinen Strafzettel wegen zu schnellen Fahrens, aber ich hatte einen verdient. Als wir ankamen, machten wir uns sofort auf den Weg zu unserem Zimmer und als wir drinnen waren, fielen wir praktisch übereinander her, sodass die Klamotten durch die Luft flogen. Ich trug sie zur Couch, setzte sie hin und begann sofort, mich küssend ihren nackten Körper hinunterzuarbeiten.Ich legte meine Arme unter ihre Beine, hob sie hoch und kniete mich zwischen sie, wobei ich mein Gesicht direkt in ihre süße Muschi versenkte. Ich konnte nicht genug von ihren weichen Falten und Säften bekommen und stöhnte, während ich sie mit langen, flachen Stößen leckte und dann dazu überging, ihre Klitoris mit einer festen, spitzen Zunge zu umkreisen. Bald stöhnte und wand sie sich vor Lust und ich spürte, wie ihre Hände an den Seiten meines Kopfes griffen.„Ich will deinen Schwanz lutschen", keuchte sie zwischen Stöhnen. „Lass mich ihn lutschen; bitte, lass mich ihn lutschen!"Da ich nicht der Typ bin, der mit meiner Frau streitet, stand ich auf, als sie sich schnell wieder an die Armlehne lehnte und ihre Beine auf dem Sofa ausstreckte, aber weit gespreizt ließ. Ihr Höschen mit dem Bullet-Vibrator darin lag auf dem Boden und ich schnappte es mir, als ich aufstand. Ich legte ihr den Vibrator in die Hand, während ich mich in eine Position begab, in der sie mein pochendes Glied erreichen konnte. Sie streckte eine Hand aus, um mich in ihren Mund zu stoßen, und begann hemmungslos zu saugen, zu streicheln und zu wippen.

Mit der anderen Hand legte sie den Vibrator auf ihre Klitoris und begann, ihn kreisend zu bewegen.Der Anblick war für mich unglaublich, als ich zusah, wie mein Schwanz in ihrem Mund verschwand, während sie sich selbst befriedigte, etwas, wovor sie normalerweise zögerte. Der Anblick ihrer Muschi, die im Rhythmus der Vibrationen pulsierte, während sie weiter rieb, war so erotisch, dass ich dem unglaublichen Blowjob, den sie mir gab, kaum Beachtung schenkte. Bald begann sich ihr Körper anzuspannen, ihre Beine wurden zusammengepresst und sie begann in einem Crescendo zu stöhnen, das Vibrationen durch meinen Schwanz schickte.Sie zitterte und stöhnte und verkrampfte sich, dann schrie sie: „IN MIR! Ich brauche dich in mir!"Ich liebe es mehr als alles andere, meiner Frau Lust zu bereiten, also positionierte ich mich schnell zwischen ihren Beinen und drang mit einem heftigen Stoß zwischen ihre nassen Schamlippen ein. Dann begann ich, rein und raus zu stoßen, während sie ausrief: „JA, oh JA, JA, JA! Tiefer, tiefer. Ich möchte, dass du in mir kommst."Bald stöhnte sie wieder, während ihr Höhepunkt in Wellen über sie hereinbrach. Ich stöhnte im Gleichklang und begann dann, einen Strahl nach dem anderen heißen, klebrigen Spermas tief in ihre Muschi zu spritzen. Tagelange aufgestaute Leidenschaft und ein ständiger Erregungszustand führten zu einer unglaublichen Menge Sperma, die ihre Muschi nicht zurückhalten konnte. Ich spürte schnell, wie es auslief und an unseren beiden Beinen hinunterlief. Glücklicherweise hatte ich die Voraussicht, ein Handtuch unter sie zu legen, um einen peinlichen Fleck zu vermeiden.

Den Rest des Aufenthalts verbrachten wir mit Spaß als Paar. Es gab romantische Spaziergänge, tolle Mahlzeiten und jede Menge leidenschaftlichen Liebesakt. Es war eine tolle Einstimmung auf die Weihnachtszeit und wir danken Christus, dass er unsere Verbindung mit dem unglaublichen Geschenk des ehelichen Sex gesegnet hat.

Weihnachtsverpackung

Weihnachten rückte schnell näher.

Ich hatte die meisten Einkäufe erledigt, aber wir mussten dieses Jahr noch zu mehreren Weihnachtsfeiern gehen. Jeder von uns hatte sehr formelle Firmenfeiern und ein paar Kirchenfeiern, außerdem viele Proben für die Weihnachtsmusikaufführung in der Kirche. Ich liebe diese Jahreszeit! Ich liebe es, mich für die Partys schick zu machen und mit meinem sexy Mann in die Stadt zu gehen! Er sieht in seinem Smoking immer so schneidig aus, und ich hatte ein paar Abendkleider für die Partys gekauft.Wir waren so beschäftigt damit, unsere Duett- und Soloparts zu proben und an unseren Texten für die Produktion zu arbeiten – zusätzlich zu unseren Vollzeitjobs –, dass wir einige Wochen lang kaum Zeit für Sex hatten. Wir beide vermissten diese Intimität. Also beschloss ich, ihm ein kleines vorgezogenes Weihnachtsgeschenk zu machen.Er hatte für den Abend eine Probe für alle Männerrollen in der Produktion angesetzt. (Ich hätte wohl erwähnen sollen, dass er die Produktion leitete.) Ich beschloss, diese Zeit zur Vorbereitung zu nutzen, also schaltete ich sexy Musik ein und nahm ein beruhigendes heißes Schaumbad. Während ich mich im warmen Seifenwasser entspannte, schloss ich die Augen und begann mir vorzustellen, wie viel Spaß ich mit meinem Mann haben wollte, wenn er nach Hause kam.Meine Hände umkreisten bald meine Brustwarzen, als wären sie seine Zunge, die sie küsste und saugte. Meine rechte Hand glitt meinen Bauch hinunter zu meiner Muschi und begann, um ihre Öffnung und meinen Kitzler zu gleiten, während ich mir all die magischen Dinge vorstellte, die er mit mir machen würde, wenn er nach Hause käme. Ich wurde so geil! Oh, wie ich es genoss, mit diesem Mann Liebe zu machen! Ich brauchte seinen großen Schwanz so sehr! Ich begann, einen, dann zwei Finger in meinen geschwollenen Schlitz hinein und wieder heraus zu stoßen.„Mmmmmm. Oooohhh." Ich stöhnte und seufzte, als ich kam, in Erwartung des Orgasmus, den er mir bald bescheren würde.Dann wurde ich wieder in die Realität zurückgeholt; er würde bald zu Hause sein! Ich sollte meine Vorbereitungen besser abschließen. Ich rasierte meine langen Beine und meine Muschi und trimmte dann meine Landebahn. Ein Blick auf die Uhr sagte mir, dass ich mich beeilen sollte, denn er würde jeden Moment zu Hause sein.Ich stieg aus der Wanne und trocknete mich schnell ab, dann trug ich etwas Lotion und sein Lieblingsparfüm auf. Als nächstes schnappte ich mir die Frischhaltefolie, eine Tüte mit Weihnachtsschleifen und eine Sprühdose Cool-Whip und machte mich an die Arbeit. Ich begann, mich von den Knien bis zum Hals immer wieder in die Frischhaltefolie einzuwickeln. Das war ein bisschen schwierig, wenn ich es alleine machte, also dauerte es länger, als ich erwartet hatte.Als ich hörte, wie die Wohnungstür aufging, schloss ich schnell die Badezimmertür. Dann fing ich an zu kichern, weil ich im Spiegel so albern aussah! Ich musste mich beeilen, damit ich mein Geschenk enthüllen konnte! Aber ich konnte nicht aufhören zu lachen.Er hörte mich kichern und klopfte an die Tür.

„Was machst du, Liebling? Kommst du nicht und gibst mir einen Kuss? Ich habe dich vermisst."Ich sagte: „Einen Moment. Ich komme gleich." Ich war fertig mit dem Einwickeln; jetzt kam der letzte Schliff. Ich klebte eine rote Schleife auf jede Brustwarze und eine grüne Schleife auf meine Muschi. Dann schnappte ich mir die Sahnedose und öffnete die Tür.Er klappte vor Schreck den Mund auf! Dann grinste er mich übers ganze Gesicht und sagte: „Na, du warst heute Abend aber ganz schön beschäftigt!"An diesem Punkt brach ich in Gelächter aus! Ich sagte: „Ich schätze, es ist nicht so sexy, wie ich dachte."„Soll das ein Witz sein, Baby?", antwortete er. „Du bist so unglaublich süß und immer sexy!"„Oh, Baby, du bist so süß! Ich wollte dir ein vorgezogenes Weihnachtsgeschenk machen, und dieses Paket gehört ganz dir!"Er küsste mich auf den Hals und knabberte dann an meinem Ohr. Ich fragte ihn: „Na, willst du dein besonderes Geschenk denn nicht auspacken?"Er versuchte, mich auszupacken, was sich als ziemliche Aufgabe herausstellte. Wie ein Junge mit einem nervig überverpackten Spielzeug wollte er mich, konnte mich aber nicht aus der Plastikhülle befreien! Schließlich, nach viel Gelächter, ging er in die Küche und holte die Schere, um mich freizuschneiden. Während er weg war, stellte ich die Dose Schlagsahne auf den Nachttisch.Als ich losgelassen war, drückte er mich gegen die Wand. Während wir uns küssten, knöpfte ich sein Hemd auf und fuhr mit meinen Händen durch seine Brusthaare und seinen Bauch hinunter zu seiner Hose.

Ich fummelte an seinem Gürtel herum, also hörte er lange genug auf, mich zu küssen, um die Kontrolle zu übernehmen, wobei er alle seine Klamotten auf den Boden warf. Dann hob er mich hoch und legte mich aufs Bett.Ich reichte ihm die Schlagsahne und er sprühte etwas davon auf meine Brustwarzen und eine Linie, die zu meiner Muschi führte. Dann bedeckte er meine ganze Muschi, bevor er anfing, mich von den Brüsten abwärts zu küssen und sauber zu lecken. Er leckte die Sahne von meinen Brustwarzen und hielt inne, um mir ein wenig aus der Dose in den Mund zu sprühen.Oh, das war sooo sexy! Wie sehr ich ihn wollte!Er kehrte zu meiner Haut zurück, leckte langsam und arbeitete sich meinen Bauch hinunter. Ich liebte es und wollte, dass er zu meiner Muschi kam; sie sehnte sich nach seiner Berührung. Schließlich erreichte sein Mund sein endgültiges Ziel.„Oh ja! LECK MICH! Oh, BITTE!"Zuerst spürte ich nur seinen heißen Atem auf meinem Hügel, als er mich küsste und die Sahne wegleckte. Oh mein Gott, wann würde er seine Zunge in meine Muschi stecken?! Ich sehnte mich vor Verlangen nach ihm!Dann leckte er mich mit seiner flachen Zunge lange von hinten nach vorne. Ich stöhnte vor Vergnügen, mein Körper war mit Gänsehaut bedeckt und ich schauderte.„Mehr, mehr, mehr. Oh Gott, ja!"Dann stieß er seine Zunge tief in meine Höhle. Ich drückte.„Ohhhhh. Mmmmm, jasss, Baby. Ohhh, bring mich zum Abspritzen."Er zog sich zurück und ließ sich Zeit, sanft meine Klitoris zu umkreisen. Es dauerte nicht lange, bis ich vor orgasmischer Wonne schrie. Ich legte meine Hände auf seinen Kopf und zog ihn zu mir hoch!„Nimm mich jetzt. Fick mich hart.

Ich brauche dich so sehr!"Er schob seinen Schwanz mit einem großen, harten Stoß ganz hinein. Ich spürte, wie seine Eier gegen mich klatschten und schnappte nach Luft! Sein Schwanz passt so perfekt in meine Muschi; er wurde nur für mich gemacht. Niemand sonst wird jemals wissen, wie sich sein Schwanz anfühlt und welche wunderbaren Gefühle er mir vermittelt. Wir hatten immer nur einander und ich denke, das macht es zu etwas ganz Besonderem. Es gibt nichts Schöneres, als mit meinem wunderbaren Mann Liebe zu machen.Er schlang seine Arme um mich und küsste mich, während er langsam in mich hinein und wieder heraus stieß! Es fühlte sich so fantastisch an, dass ich wünschte, er könnte die ganze Nacht auf mir reiten und mich wiegen. Er richtete sich auf, damit er an meinen Brustwarzen saugen konnte, während ich meine Beine in die Luft streckte, seinen Hintern packte, krallte, drückte und ihn fester in mich hineinzog. Ich wollte ihn so tief wie möglich in mir haben.Er begann, härter zu stoßen, und wir kamen beide gleichzeitig. Stöhnend und grunzend füllte er mich mit seinem Samen. Er hielt mich weiter fest und küsste mich, sagte mir, dass er mich liebte, während er sich noch eine Weile vor und zurück bewegte. Ich genoss die Nachbeben meines Orgasmus, bis er in mir weicher wurde.Dann rollte er von mir herunter und sagte: „Das war so gut! Danke!"Gern geschehen! Alles für meinen Kerl!", sagte ich. „Oh, Mist! Ich konnte die Schlagsahne nicht von deinem Schwanz lecken! Ich hatte es zu eilig, dich in mir zu haben.

"Er lachte und sagte: „Na ja, es sieht so aus, als hätten wir noch jede Menge Cool-Whip übrig, also denke ich, wir müssen das noch einmal machen!"Wir sahen ein bisschen fern und bald war er wieder hart. Also schnappte ich mir die Sprühdose, besprühte seinen Schwanz und seine Eier damit und begann mit meinem Nachtisch. Ich verschlang seinen Schwanz, leckte und saugte. Ich wippte auf und ab, bis die Schlagsahne durch sein warmes Sperma ersetzt wurde. Dann holte ich ein warmes Tuch, damit wir nicht klebrig einschlafen mussten. Wir hielten uns gegenseitig fest und schliefen ein.Ich bin so dankbar für all die wundervollen Zeiten, die wir zusammen verbracht haben! Wir sind wirklich gesegnet!

Sexy
Weihnachtsparty
Überraschung

Ein paar Monate nach unserer Hochzeit war es Zeit für die jährliche Weihnachtsfeier von Drews Arbeitgeber. Ich war zum ersten Mal dort. Es war eine schicke Veranstaltung – Cocktailkleid für mich, Anzug für meinen Schatz – in einem Hotel in der Innenstadt. Wir beschlossen, uns für diese Nacht einfach ein Zimmer im Hotel zu nehmen, um uns einen kleinen Ausflug zu gönnen. Ich arrangierte für meine Tochter Katie eine Übernachtung im Haus einer ihrer Freundinnen aus der Kirche; Drews Kinder würden bei ihrer Mutter sein. Wir freuten uns darauf, aber ich beschloss, noch eine Überraschung für meinen Mann zu planen.Ich kaufte ein Kleid, das meine Rubenskurven betonte, aber nicht zu viel zeigte. Ich wollte auf dieser Party einen guten Eindruck auf seine Vorgesetzten machen und ich wollte, dass er stolz war, mich am Arm zu haben. Bevor wir überhaupt anfingen, uns zu verabreden, arbeitete ich hart daran, in Form zu kommen, wobei Drew mein größter Cheerleader war. Aber ich hatte schon immer – und werde immer – einen kurvigen Körper. Ich fand ein Kleid, das für die Party angemessen war, aber meine Kurven betonte ... und meinen Mann anmachte. Und als Überraschung für Drew kaufte ich knappe, schwarze Spitzenunterwäsche für darunter – einen trägerlosen, tief ausgeschnittenen BH, der meine Brustwarzen kaum bedeckte, und einen Spitzenstring.Die Party war an einem Freitagabend. Ich hatte mir den Tag frei genommen.

Ich wollte ihn den ganzen Tag über auf Touren bringen, während er bei der Arbeit war, also schickte ich ihm regelmäßig SMS, in denen ich ihm sagte, was ich mit ihm machen wollte und was ich fühlte. An seinen Antworten erkannte ich, dass ich ihn erreichte ... alles nach Plan!Wir beschlossen, dass ich ins Hotelzimmer einchecken würde und er sich ein Taxi nehmen würde sein Büro und wir treffen uns dort. Ungefähr um 17:15 Uhr an diesem Abend war ich im Badezimmer und zog mich um, als ich hörte, wie er die Tür öffnete. „Holly?", rief er. Nachdem ich mich ein letztes Mal im Spiegel betrachtet hatte, öffnete ich die Tür und trat ins Zimmer. Drew blieb stehen und holte scharf Luft. „Gefällt es dir?", fragte ich und drehte mich um, damit er es sich ganz ansehen konnte. Seine Stimme war plötzlich heiser geworden. „Oh ja... Du... siehst... umwerfend aus. " Mein Blick fiel auf seinen Schritt, als seine Beule zu wachsen begann. Ich lächelte, trat näher an ihn heran, küsste seinen Hals und knabberte an seinem Ohrläppchen, während ich meine Hand auf seinen Schritt legte und spürte, wie sein Schwanz hart wurde.„Weißt du, was du mit mir machst? Ich will dich jetzt so hart ficken ...", sagte er, schlang seine Arme um mich und packte meinen Hintern. Ich zog mich zurück und lächelte: „Ja. Ich weiß genau, was ich tue. Jetzt ..." Ich griff nach hinten und schlug ihm spielerisch auf den Hintern, „.... zieh dich um, damit wir feiern gehen können!" Ich legte den letzten Schliff auf mein Make-up und beobachtete ihn aus den Augenwinkeln beim Umziehen. Ich konnte nicht anders, als zu bemerken, wie groß sein Schwanz geworden war und wie er seine Boxershorts ausbeulte.

Er ist von Kopf bis Fuß so gutaussehend und ich kann immer noch nicht glauben, dass er mir gehört und ich ihm.Auf der Party angekommen, unterhielten wir uns, und Drew stellte mich vielen Leuten vor, die ich noch nicht kannte. Er legte mir die Hand auf den Rücken, während wir durch den Raum gingen, und ich merkte, dass ich mein Ziel erreicht hatte, ihn stolz darauf zu machen, mit mir zusammen zu sein. Eine meiner Stärken ist die Fähigkeit, mit Leuten, die ich gerade erst kennengelernt habe, ins Gespräch zu kommen, und das nutzte ich voll aus. Ich wollte, dass seine Kollegen und Vorgesetzten durch ihre Interaktionen mit mir eine gute Meinung von Drew hatten. Schließlich war es Zeit, sich zum Abendessen zu setzen, was bedeutete, dass es Zeit für mich war, den Rest meiner geplanten Überraschung in die Tat umzusetzen. Während wir darauf warteten, dass unser Tisch bedient wurde, entschuldigte ich mich, um auf die Damentoilette zu gehen. Ich ging in die Kabine, zog schnell meinen Tanga aus und stopfte ihn in meine Clutch. Ich kehrte zu unserem Tisch zurück – einem runden Tisch, an dem wir mit sechs anderen Leuten saßen – und Drew stand auf, um mir wieder auf meinen Stuhl zu helfen. Was für ein Gentleman! Als der erste Gang kam und alle zu essen begannen, nahm ich leise und unauffällig meinen zusammengeknüllten Tanga und steckte ihn in seine Jackentasche. Er sah mich fragend an, als ich meine Aufmerksamkeit meinem Teller zuwandte, als wäre nichts geschehen, und er steckte seine

Hand in seine Tasche, um zu sehen, was ich da hineingesteckt hatte.

Er sah nach unten, als er meinen Spitzen-Tanga teilweise herauszog, und dann schnellte sein Kopf mit einem schockierten Gesichtsausdruck wieder hoch. Ich lächelte ihn verschmitzt an und zwinkerte. Drew beugte sich vor und flüsterte: „Heißt das, dass du...?" Ich beendete seinen Satz für ihn: „... Kommando? Ja." Drew schluckte. Das wurde wirklich eine sexy Weihnachtsparty!„Dieser Salat sieht köstlich aus", sagte ich und konzentrierte mich auf meinen Teller, als wäre alles normal. Bald legte Drew unter dem Tisch seine Hand auf mein Bein und versuchte, sie nach oben zu schieben. Ich nahm seine Hand von meinem Bein und flüsterte ihm ins Ohr: „Du musst warten. " Er flüsterte zurück: „Du bringst mich um!" Wieder lächelte ich nur und machte ganz normal weiter.Während des restlichen Abendessens unterhielt ich mich mit seinen Kollegen und deren Lebensgefährten an unserem Tisch. Drew war ruhiger als sonst. Gelegentlich, wenn die Aufmerksamkeit woanders war, legte ich meine Hand auf Drews oberen inneren Oberschenkel und schob meine Finger nah an seinen Schritt, was ihn zappeln ließ. Jedes Mal nahm er meine Hand und zog sie weg. Nach dem Abendessen und dem Nachtisch wurden einige Reden gehalten und dann begann der Tanz. „Lass uns tanzen", sagte ich. Drew nahm meine Hand und führte mich für einen langsamen Tanz auf die Tanzfläche. Er hielt mich fest, einen Arm um mich gelegt, mit dem anderen hielt er meine rechte Hand an seine Brust. „Ich kann nicht glauben, dass du ohne Unterwäsche bist ..." Er fuhr mit seiner Hand über meinen Hintern und tastete nach Unterwäsche. Er konnte keine finden.

Er sah mir eindringlich in die Augen und sagte: „Lass uns hier verschwinden.""Bist du sicher, dass es nicht zu früh ist?", fragte ich. Er sah mich mit Verlangen in den Augen an. „Das ist mir egal. Ich möchte dich nach oben bringen und ... du weißt schon." Und damit nahm er meine Hand und führte mich aus dem Zimmer. Als sich die Aufzugstüren schlossen, waren wir die einzigen darin. Drew nahm mich in seine Arme und begann, die Stelle zu küssen und zu knabbern, wo mein Ohr auf meinen Kiefer trifft, dann den Hals hinunter bis zu meinem Schlüsselbein.

Er hat gelernt, dass ich, wenn er das tut, im Handumdrehen von null auf hundert gehe. Ich war schon feucht; alles zu tun, was ich tun musste, um sicherzustellen, dass er erregt war, hatte mich auch erregt. Während er mich küsste und knabberte, stöhnte ich: „Oh, Baby ... ich liebe es, wenn du das tust."Als sich die Aufzugstüren öffneten, nahm Drew meine Hand und führte mich zügig den Flur entlang. Er öffnete die Tür zu unserem Zimmer und ich ging an ihm vorbei, als er die Tür schloss und verriegelte. Er drehte sich um und sah mich ihm gegenüber. In fast einer fließenden Bewegung küssten wir uns leidenschaftlich, während Drew mich gegen die Wand drückte. Während wir uns küssten, wanderte seine Hand unter mein Kleid und fand meine heiße und klatschnasse Muschi. Zuerst rieb er meine Klitoris und steckte dann einen Finger in mich. Meine Knie gaben leicht nach, als er das tat. Während er mich mit seinem anderen Arm hochhielt, bewegten sich sein Mund und seine Zunge zu meinem Ohr, meinem Hals und meinem Schlüsselbein. Dann steckte er einen zweiten Finger in meine Muschi und fand gekonnt meine süße Stelle. Fast augenblicklich begann sich mein Orgasmus aufzubauen. Mein Atem ging schneller und ich stöhnte leidenschaftlich, als seine Finger sich rein und raus bewegten und mich genau an den richtigen Stellen rieben.„Oh Baby... ich... komme... uuuuh! Uuuuh! UUUUUHHH!" Welle um Welle überflutete mich, während Drew mich festhielt. Er nahm seine Finger aus meiner Muschi und hielt mich einfach fest, während immer wieder orgasmische Wellen über mich hereinbrachen. „Oh, Baby... das fühlt sich so gut an!"Er sah mich mit seinen blauen Augen an. „Das wollte ich schon immer tun, seit ich gemerkt habe, dass du ein Kommando bist."Ich schob ihn ein paar Zentimeter nach hinten und begann langsam, ihm die Kleidung auszuziehen ... Jacke und Krawatte, dann Hemd, Knopf für Knopf. Ich öffnete seine Gürtelschnalle, öffnete den Reißverschluss seiner Hose und schob in einer Bewegung seine Hose und Boxershorts nach unten, um seinen riesigen, harten Schwanz freizugeben. Ich packte seinen Schwanz – meine Hand umfasste ihn kaum – und fühlte, wie er pochte. Während ich das tat, schloss Drew die Augen und legte den Kopf in den Nacken, während er das Gefühl genoss.Und dann öffnete er die Augen und sagte: „Jetzt bin ich dran." Dann öffnete er den Reißverschluss meines Kleides und zog es mir über den Kopf. Dabei kam zum Vorschein, dass ich nichts weiter trug als diesen schwarzen Spitzen-BH. „Oh, Holly ... du bist ..." Seine Stimme wurde immer leiser, als er meinen Körper anstarrte.In diesem Moment fiel ich auf die Knie und nahm seinen pulsierenden, fleischigen Schwanz in den Mund. Mit der Spitze seines Penis im Mund ließ ich meine Zunge um die Eichel und dann um den Rand gleiten und saugte dabei sanft. Während ich sanft seine Hoden umfasste, küsste ich ihn die ganze Unterseite hinunter und leckte mich dann wieder nach oben. Ich nahm ihn wieder in den Mund, saugte, leckte und pumpte ihn mit meiner Hand. Es dauerte nicht lange, bis ich sein Vorsperma schmeckte, und seine Atmung veränderte sich auf eine Weise, die, wie ich gelernt hatte, ein Zeichen dafür war, dass er kurz davor war. Ich war noch nicht so weit, dass ich schlucken konnte, also hörte ich auf. Ich wollte, dass er in mir abspritzte. Ich zog seinen Schwanz mit einem Schlürfen am Ende heraus und stand auf, zog meinen BH aus, damit meine Titten frei waren, damit er damit spielen konnte.Er führte mich zum Bett und wir legten uns zusammen hin und küssten uns. Er bewegte seinen Mund zu meinen Titten, leckte und saugte, sodass meine Brustwarzen noch härter wurden als zuvor. Er überhäufte meinen Körper weiterhin mit Küssen, bis seine Zunge meine Klitoris fand. Ich stöhnte, als seine Zunge langsam und sanft meine Klitoris bearbeitete und mich vor Verlangen verrückt machte.„Jetzt! Bitte!", flehte ich.„Und jetzt?", fragte er, sein Mund war feucht von meinen Säften, obwohl er wusste, was ich wollte."Fick mich jetzt! Fick mich hart!" „Dein Wunsch ist mir Befehl." Er kniete vor mir nieder, während ich meine Knie an meine Brust zog und ihm meine triefend nasse Muschi zeigte. Heute Abend war kein KY nötig! Er nahm seinen Schwanz in die Hand und ließ ihn langsam in mich hineingleiten.

Ich zog ihn zu mir herunter, schlang meine Beine um seine Taille und bohrte meine Fersen in seinen Hintern. Er begann langsam in mich hinein und wieder heraus zu stoßen, während ich seine Stöße mit meinen Hüften erwiderte. „Du fühlst dich so gut an!", stöhnte er. Seine Stöße waren zuerst lang und langsam, was meine Erregung steigerte. Während wir fickten, steigerte sich sein Tempo und ich wusste, dass ich ihn reiten wollte, wenn wir beide kamen, also sagte ich ihm das. Er zog ihn heraus und wir wechselten schnell die Stellung. Ich starrte kurz auf seinen dicken Schwanz, der stramm dastand und auf mich wartete, bedeckt mit meinen Säften, bevor ich mich rittlings auf ihn setzte und seinen Schwanz in mich hineingleiten ließ. Ich beugte mich nach vorne, während ich ihn ritt, und er begann, an meinen Titten zu saugen und zu lecken. Das verstärkte die Empfindungen, die ich fühlte, als ich ihn fickte und meinen Höhepunkt heraufbeschwor. „Ich komme gleich...", sagte ich atemlos und ritt ihn weiter hart. Seine Hüften hoben sich und erwiderten meine Stöße. Meine Muskeln spannten sich an, und obwohl ich dachte, sie könnten sich nicht mehr anspannen, taten sie es. Ich wusste, dass mir ein gewaltiger Orgasmus bevorstand. Ich grunzte, als er sich steigerte: „Uhhh... mmmmpph... ohhhh..." Endlich, endlich brach der Damm und mein ganzer Körper schien bei meiner Erlösung zu pulsieren. Ich schrie ekstasevoll:

„OOHHHH! AAHHHH!"

Die Muskelkrämpfe, die Drew in meiner Muschi spürte, als sie sich um seinen Schwanz zusammenzog, reichten aus, um ihn über die Kante zu treiben. „Ohhh, Baby ... ich komme ..." Er stieß noch ein paarmal heftig in mich hinein, während sein heißes Sperma in mich hineinspritzte. Ich ritt weiter auf ihm, bis er nichts mehr zum Spritzen hatte. Wir atmeten beide schwer und schwitzten. Wir sahen uns an und lächelten nur, als wir beide wieder zu Atem kamen. Ich beugte mich hinunter, um ihn zu küssen.„Das war großartig! Ich liebe dich so sehr", sagte ich, als er seine Arme um mich schlang. „Ich sollte dir für die Überraschung danken – dass du ohne Unterwäsche herumgelaufen bist ... das war so heiß!" „Jederzeit, mein Liebling. Jederzeit." Ich küsste ihn erneut. So lagen wir ein paar Minuten, bis sein schlaffer werdender Schwanz aus mir herausglitt. Ich rollte mich auf seine Seite und kuschelte mich in seine Arme, mein Arm lag auf seiner Brust und mein Bein lag auf seinem. „Ich liebe dich, Baby." Wir schliefen eng aneinander gekuschelt ein und dankten Gott, dass er uns so gesegnet hatte.

Ein unvergessliches Weihnachtsfest

Ich wachte am Weihnachtsabend auf und freute mich auf einen wundervollen Tag mit der Familie. Es war noch früh, also ging ich in die Küche und machte den Kaffee. Draußen war es frostig und der Wetterbericht hatte weiße Weihnachten vorhergesagt. Während der Kaffee kochte, schürte ich das Feuer, schnappte mir dann mein Telefon und checkte die Neuigkeiten zum nahenden Schneesturm. Da bekam ich die SMS von meiner wundervollen Frau. „Schüre den Kamin, Mann mit dem großen Schwanz, dann gib mir 15 Minuten und komm, zünde mein Feuer an!"Mein Schwanz wurde sofort hart. Ich hörte, wie die Dusche anging und schaute auf die Uhr. Ich konnte es kaum erwarten, dass die 15 Minuten vorbei waren. Ich machte unseren Kaffee und legte noch ein Holzscheit aufs <u>Feuer.Es</u> kam mir wie eine Ewigkeit vor, aber ich wusste, dass ich ihr die Viertelstunde geben sollte, die sie wollte. Ich benutzte die Krawatte, um sicherzustellen, dass alle Geschenke vom Weihnachtsmann perfekt platziert waren, wenn unser Sohn später am Morgen aufwachte. Dann machte ich es mir am Feuer bequem und nippte an meinem heißen Kaffee. Als ich hörte, wie die Dusche abgestellt wurde, sah ich auf meine Uhr ... noch 4 Minuten. Als sie vorbei waren, schlich ich auf Zehenspitzen den Flur entlang zu unserem Schlafzimmer und öffnete langsam die Tür.Unser Ehenest war warm, erleuchtet von Kerzen und dem Schein unseres Kamins im Schlafzimmer. Sie spielte sanfte, romantische Musik, die perfekt zur Stimmung passte. Ich fand die schönste Frau der Welt eingekuschelt unter der Decke.

Ich konnte es kaum erwarten, die Decke zurückzuziehen und sie überall auf ihrem wunderschönen Körper zu küssen.Langsam kletterte ich aufs Bett und wir begannen uns mit extrem heißer Leidenschaft leidenschaftlich zu küssen. Ich schlug die Decke zurück und legte ihre großen, üppigen Brüste frei. Ihre Brustwarzen standen stramm und ich konnte es kaum erwarten, sie mit meiner Zunge zu reizen. Ich küsste mich langsam zu diesen wunderschönen Brüsten hinunter und nahm eine der harten, erigierten Spitzen in meinen Mund. Dann wirbelte ich mit meiner Zunge darum und saugte gleichzeitig sanft daran. Ich löste leicht den Verschluss meiner Lippen um ihre Brust und atmete schnell ein, sodass kühle Luft um ihre Brustwarze strömte, während ich sie mit meiner warmen, feuchten Zunge weiter leckte. An der anderen Brust rollte ich sanft die Brustwarze zwischen Daumen und Finger. Dann wechselte ich die Brust und gab der anderen die gleiche erotische Behandlung.Während ich die Decke weiter nach unten zog, entdeckte ich, wie sie ihren Rabbit-Vibrator in ihre heiße, nasse kleine Muschi hinein und wieder heraus gleiten ließ.„Ich habe die Videokamera rausgelegt", sagte sie mir. „Nimm sie und filme uns, damit wir es später gemeinsam anschauen können."Diese Worte machten mich so an, dass mein Schwanz vor Lust auf meine wunderschöne Braut, mit der ich seit 12 Jahren verheiratet war, pulsierte! Ich tat, was sie sagte, und begann zu filmen, wie sie den Rabbit-Vibrator langsam immer tiefer in ihre saftige, rasierte Muschi schob.

„Steck deinen Schwanz in meinen Mund und filme weiter!", befahl sie.Ich kletterte hoch und setzte mich rittlings auf ihre Titten, während sie meinen Schwanz in ihren warmen, nassen Mund hinein und wieder heraus gleiten ließ. Ich begann, langsame, flache Stöße zu machen. Dann führte sie ihre freie Hand zu meinem Hintern und zog mich tiefer in ihren Mund. Ich spürte, wie mein Schwanz immer weiter hineinrutschte. Als mein Schwanz den hinteren Teil ihrer Mundhöhle erreichte, spürte ich, wie sie etwas fester auf meinen Hintern drückte. Ihre Zunge wurde flach, als sie ihren Mund weiter öffnete, und die Spitze meines Schwanzes glitt in ihren Hals! Die Enge ihres Halses und die Bewegung ihrer Zunge fühlten sich unglaublich an, während ihre Hand mich drängte, weiter zu stoßen.Dann nahm sie meinen Schwanz aus ihrem Hals und sagte mir, ich solle ihn streicheln. Ich pumpte meinen mit Speichel getränkten, steinharten Schwanz, während sie anfing, meine haarlosen, geschwollenen Eier zu lecken und zu saugen.Ich drehte mich um und filmte sie dabei, wie sie sich selbst fickte, während ich weiter meinen Schwanz streichelte. „Ich muss aufhören, sonst komme ich", verkündete ich bald.„Du siehst mir doch gerne dabei zu, wie ich meine kleine nasse Muschi ficke, oder?"„Ja! Du magst es, meinen großen harten Schwanz mit deinem Spucke zu durchnässen und mir dann dabei zuzusehen, wie ich ihn streichle, während du dich mit dem Vibrator fickst, nicht wahr?""Ach ja!"Sie nahm die Kamera, während ich mich nach unten bewegte und ihre üppigen Titten massierte.

Dann saugte und leckte ich wieder an ihren schönen, harten Nippeln, bevor ich mich an ihrem flachen Bauch hinunter bis zum oberen Ende ihres Schambeins, um ihre Muschi herum und ihren Oberschenkel hinunter arbeitete. Ich sah nach oben und beobachtete, wie sie den Vibrator in ihre sehnsüchtige Muschi rieb. Während die Kamera lief, griff ich nach oben und schaltete die Klitorisvibration ein. Sie stöhnte plötzlich vor Lust und stieß das Spielzeug tiefer in ihre triefend nasse Muschi.„Es fühlt sich unglaublich an. Ich will deinen Schwanz so sehr."„Noch nicht, mein kleines Sexkätzchen."Ich küsste und leckte weiter mein Bein hinunter und das andere hinauf. Dann drückte ich ihre Knie hoch und begann, mich küssend die Rückseite ihrer Oberschenkel hinunterzuarbeiten. Mein Finger fand ihren üppigen Hintern und massierte den Eingang, während sie vor Lust stöhnte.„Ja! Du weißt, was ich mag. Du bringst mich zum Abspritzen!"„Noch nicht. Ich möchte erst filmen, wie mein Schwanz von hinten in deine süße kleine Muschi hinein- und wieder herausgleitet."Sie warf den Dildo schnell beiseite, reichte mir die Kamera, rollte sich dann herum und ging auf die Knie. Langsam massierte ich mit meinem Schwanz den Eingang ihrer nassen Muschi. Ich ließ ihn ihren Schlitz auf und ab und über ihre empfindliche Klitoris gleiten und sie schauderte vor Erregung!„Steck diesen großen Schwanz tief in meine heiße Muschi."Ich habe nur die Spitze hineingeschoben."Gib es mir! Fick mich hart, als wüsstest du, dass ich es mag!"Ich zog ihn ganz heraus und glitt dann gleich wieder hinein – aber nur die ersten paar Zentimeter.

"Reiz mich nicht. Fülle mich mit deinem großen, dicken Schwanz aus!"Ich begann langsam, meinen Schwanz in ihre heiße Muschi zu schieben. Plötzlich drückte sie sich wieder gegen meinen Schwanz und ich spürte, wie ihr Gebärmutterhals gegen die Spitze drückte, als wir eins wurden.„Oh ja, das ist es, was Mama Kätzchen braucht. Fick mich gut! Lass mich auf diesem fetten Schwanz abspritzen!"„Ich werde dich zum Kommen bringen wie nie zuvor!"Ich begann mit langen, langsamen Stößen, während sie sich gegen meinen pulsierenden Schwanz stemmte. Aber bald steigerte ich das Tempo, als sie vor Lust stöhnte. Es war unglaublich, zu filmen, wie ihre nasse Muschi auf meinem Schwanz hin und her glitt. Ich streckte mich und drückte ihre Arschbacken und begann dann wieder, ihr empfindliches Arschloch zu massieren!„Oh ja, es fühlt sich unglaublich an! Oh, das ist so erotisch! Hör nicht auf, meine Muschi zu ficken. Steck deinen Finger in meinen Arsch!"Nach ein paar Minuten senkte ich ihre Hüften auf das Bett und zog meinen Schwanz zur Hälfte oder mehr aus ihrer nassen Muschi heraus. Ich schob meinen Körper etwas höher hinter sie, um ihren G-Punkt zu finden. Sie stöhnte laut, als ich begann, die Waschbrettrauheit ihres geschwollenen G-Punkts auf der empfindlichen Unterseite meines Schwanzes zu spüren. Ich stieß mit kurzen Bewegungen nach innen und leicht nach oben, um diesen Bereich zu massieren.„Ja...ja...ja! Ohhhh, hör nicht auf, hör nicht auf! Ohhh, ja! Genau da, genau da, fick mich hart! "„Gefällt es dir, wenn dieser große Schwanz deinen G-Punkt massiert?"

„Ja, ja, hier kommt es! Kannst du es fühlen? Ja, fick meine Muschi hart! Hier kommt es! Aaaahhhyaaayaaayaaayaaaaa!

"Ich zog mich langsam zurück und ließ sie wieder von ihrem siebten Himmel herunterkommen. Sie rollte sich auf den Rücken, sah in die Kamera und sagte: „So mag ich es. Jetzt gib mir noch mehr!"Ich gab ihr die Kamera zurück und legte ein paar Kissen hinter sie. Dann rutschte ich zwischen ihre Beine, setzte mich auf meine Knie und schob meinen langen Schaft tief in ihre süße, saftige Muschi.Sie filmte, während wir beide zusahen, wie mein Schwanz tief in sie hinein und wieder heraus glitt! Als die Spitze meines Schafts ihre Klitoris rieb, begann sie zu stöhnen.„Bring mich wieder zum Kommen. Ich liebe es, zuzusehen, wie dein großer, dicker Schwanz in meine enge kleine Fotze hinein- und wieder herausgleitet.",,Oh ja, Baby. Du magst diesen dicken Schwanz, oder? Du musst noch mal voll darauf spritzen!"„Ja, Baby! Ja! Bring mich zum KOMMEN! "Ich konnte fühlen, wie sich ihre Muschi zusammenzog, als tief in ihren Lenden ein neuer Orgasmus einsetzte. Sie streckte ihre freie Hand nach oben und begann, ihre großen, schönen Titten zu betasten. Sie kniff und zog an ihren Brustwarzen, neckte sie und beschleunigte den nahenden Orgasmus.„Oh ja, fick mich! Ja, oh ja! Hier kommt es, hier komme ich ... ich KOMME! Aaayaaaayaaayaa ..."Ich konnte fühlen, wie sich ihre Muschi um meinen Schwanz schloss, als ihr Orgasmus durch ihren Körper schoss und ihre Beine hochschoss und kribbelte,

während ihr Kopf leicht und ihre Zähne taub wurden!
„Oh ja, ich werde kommen, ich werde über diese geilen Titten spritzen!", sagte ich ihr.„Ja, Baby, spritz mir auf die Titten! Lass mich das ganze heiße Sperma haben, Baby!
"Ich konnte fühlen, wie sich meine Hoden zusammenzogen, da ihre Muschi meinen Schwanz noch immer von ihrem vorübergehenden Orgasmus umklammerte. Drei weitere tiefe Stöße waren alles, was ich ertragen konnte. Ich zog meinen Schwanz aus ihren Tiefen, als der erste Schwall heißen, dicken Spermas über die Brust meiner wunderschönen Braut lief und auf ihrem Kinn landete. Sie leckte es schnell ab, während ich weiter einen Schwall heißen Spermas nach dem anderen über ihre großen, üppigen Titten spritzte! Danach legte sie die Kamera weg und lächelte mich mit großer Befriedigung an. „Das war unglaublich! Ich liebe es, wenn du mir auf die Titten spritzt. Ich bekomme eine Kostprobe und wir kommen gleichzeitig!"„Ich auch. Das war unglaublich. Und du siehst unglaublich aus mit meinem Sperma auf deinen üppigen Titten."„Danke, aber kannst du mir ein Handtuch bringen?"„Einen Schritt voraus, Sexy!"Ich reichte ihr ein Handtuch, schnappte mir unsere Kaffeetassen und bat sie, mit mir in den Whirlpool draußen zu kommen. Es fing gerade an zu schneien, als wir hineinstiegen und uns von den Düsen massieren ließen. Wir entspannten uns und kamen beide von den wundervollen Orgasmen herunter.Ich rutschte rüber, küsste sie sinnlich und flüsterte ihr ins Ohr:
„Ich liebe dich!"

Sie schloss nur die Augen und lächelte, dann nahm sie einen Schluck Kaffee und sank noch ein wenig tiefer in das heiße, wohltuende Wasser. „Es ist erst Heiligabendmorgen und ich bin dir schon einen Orgasmus voraus", sagte sie. „Ich liebe dich mehr!"Der Tag war voller Gottes Segen, Familie und Freude, und es schneite ununterbrochen. Wir alle öffneten das traditionelle Geschenk am Weihnachtsabend, dann musste ich meinen Bruder und seine Familie nach Hause bringen, weil der Schnee zu tief für ihr Auto war. Ich setzte sie bei ihnen zu Hause ab und war auf dem Weg nach Hause, als ich eine weitere SMS von ihr bekam.„Ich schaue mir das Video von heute Morgen an. Komm und schau es dir mit deiner sexy Frau an! Sie ist bereit für mehr."

Kapitel 2

Ich las ihre SMS, als ich in die Einfahrt fuhr: „Ich schaue mir das Video von heute Morgen an. Komm und schau es dir mit deiner sexy Frau an! Sie ist bereit für mehr ...“!Mein Schwanz wurde sofort steinhart. Ich parkte meinen Truck und ging hinein. Der Schnee wurde tiefer und die Temperatur sank immer noch, also rannte ich zum Haus, wo das Feuer alles schön gemütlich machte!Ich war sehr aufgeregt, als ich endlich ins Schlafzimmer kam, also zog ich mir im Eingangsbereich meine Kleider aus. Mein harter Schwanz schwang hin und her und stand stramm, als ich den Flur entlangging.Als ich ins Schlafzimmer kam, spähte ich hinein und sah, dass meine Frau das Video abspielte, das wir am Morgen gemacht hatten. Ich konnte sie nicht sehen, aber ich konnte den Fernseher sehen. Darauf streichelte sie köstlich ihre feuchte Muschi mit ihrem Rabbit-Vibrator, während ich ihre Beine auf und ab leckte und küsste und ihre erogenen Zonen reizte.Meine Frau hatte mich noch nicht gesehen, aber sie musste wissen, dass ich da war. Ich wusste, dass ich wahrscheinlich die Einfahrtsklingel ausgelöst hatte, als ich einfuhr. Ich schlich mich auf Zehenspitzen hinein und sah, wie sie den Vibrator wieder köstlich in ihre enge kleine Muschi hinein und wieder heraus streichelte und die Aktion im Fernsehen nachahmte.Sie schaute herüber und sah mich. „Komm ins Bett und sieh zu, wie wir eins werden, mein wundervoller Liebhaber!“„Ich habe den tollen Blowjob verpasst.“

„Ja, es war so heiß! Es hat meine Muschi so nass gemacht! Jetzt komm her und streichle diesen harten Schwanz für mich!"Ich sprang aufs Bett, schnappte mir den Astroglide und schmierte meinen Schwanz ein. Ich kniete neben meiner sexy Frau und schaute mir mit ihr das Video an, während wir uns weiter vergnügten.„Wie gefällt es dir, mir auf dem Video zuzusehen und mich direkt neben dir liegen zu sehen und mich selbst zu ficken?"„Es ist unglaublich! Ich liebe es, dir dabei zuzusehen, wie du es dir selbst gibst. Deine rasierte, feuchte Muschi sieht unglaublich aus!"„Lass uns versuchen, das Video ganz anzuschauen, bevor wir kommen."„Ich werde es versuchen, Sexy! Aber der Anblick deines üppigen Körpers bringt mich gerade fast an den Rand des Wahnsinns!"Wir vergnügten uns weiter, mussten dabei aber ab und zu etwas langsamer werden, um nicht zu früh zum Orgasmus zu kommen. Die Temperatur stieg, während wir weiter zusahen, und wir hörten mich auf dem Video sagen: „Noch nicht. Ich möchte erst filmen, wie mein Schwanz von hinten in deine süße kleine Muschi hinein- und wieder herausgleitet."Das Video war so erotisch, dass es uns beide heiß und geil machte. Ich liebte es, die Lust in diesen wunderschönen blauen Augen zu sehen, sowohl in denen auf dem Bildschirm als auch in denen neben mir. Wir sahen zu, wie meine üppige Frau sich auf alle Viere erhob und ich ihre Muschi mit meinem harten Schaft massierte, bevor ich anfing, sie im Video zu ficken. Dann schob mein Fernseh-Ich einen Finger in ihren Arsch und sie stöhnte; ich spürte, wie sich meine Hoden in Echtzeit zusammenzogen, als ich begann, meinen Schwanz schneller zu streicheln.

Ich konnte spüren, wie der unvermeidliche Orgasmus schnell näher kam – ich war am Punkt ohne Wiederkehr."Oh, Scheiße, ich komme!"„Komm noch mal auf meine dicken Titten", sagte meine Frau zu mir. „Streichel diesen Schwanz und spritz deine Eier über mir aus!"Sofort explodierte ich und spritzte vier riesige Schwall heißen Spermas über ihre Titten.„Jetzt steck mir den Schwanz in den Mund."Ich schob meinen Schwanz in ihren Mund und sah zu, wie meine lebenslange Liebe das Sperma leckte, das von meinem Schwanz tropfte. Sie wirbelte mit ihrer Zunge um die Spitze, während sie den letzten Tropfen Sperma von meinem Schwanz saugte.„So bin ich noch nie zweimal an einem Tag gekommen!"„Ich weiß! Jetzt massiere meinen Arsch und bring mich zum Spritzen! Gib es mir, wie ich es mag!"Ich tat, was sie sagte, und begann, ihren Arsch zu streicheln, während sie sich immer härter fickte. Sie hatte den Vibrator tief in ihrer Muschi versenkt, die Ohren summten an ihrer Klitoris und der Schaft rotierte und massierte ihren G-Punkt.„Ich komme gleich! Hör nicht auf, meinen Arsch zu massieren, es fühlt sich unglaublich an! Hör nicht auf. Ich spüre es tief in meinen Lenden! Oh, ja, Baby! Hier kommt es."Ich bearbeitete weiter ihren Hintern, während ich nach unten griff und sanft an ihren Brustwarzen zwirbelte und zog. Sie begann zu stöhnen und dann vor Ekstase zu schreien!Ich hatte das Video fast vergessen, aber in diesem Moment sah ich hinüber und sah mich auf der Frau, die ich Sexy nenne. Ich sah, wie mein Schwanz in ihre saftige Muschi hinein und wieder heraus glitt und mit jedem Stoß ihre Klitoris massierte.

Meine Aufmerksamkeit wurde vom Bildschirm abgelenkt, als die Hüften meiner Frau anfingen zu wackeln. Ich massierte und griff nach ihren schönen Titten und rollte dann ihre Brustwarzen zwischen Daumen und Finger. Ihre Hüften hörten auf zu wackeln und wurden langsam zitternd. Dann zog sie den Vibrator aus ihrer heißen, nassen Muschi, während ich im Video meinen Schwanz aus ihrer Muschi zog. Sie spritzte, als sie im Fernsehen zusah, wie ich heißes Sperma über ihre Titten spritzte.Ich brach neben ihr zusammen und massierte unsere vereinten Säfte auf ihre großen, schönen Titten! Wir schwebten beide vor Lust.Sie drehte sich um und sah mich mit diesen liebevollen Augen an. „Ich liebe dich!", sagte sie.„Ich liebe dich mehr. Ich bin so froh, dass Gott dich zu mir geschickt hat. Du bist so unglaublich! Ich weiß, du brauchst ein Handtuch!"Ich stand auf und schaltete den Fernseher aus, da das Video zu Ende war. Dann schnappte ich mir ein Handtuch und wischte unsere Liebessäfte von ihren Titten, und wir gingen in den Whirlpool. Wir entspannten uns, während wir zusahen, wie sich der Schnee immer höher türmte.Ich beugte mich vor, küsste ihre weichen, saftigen Lippen und flüsterte ihr ins Ohr: „Ich liebe dich unendlich. Du übertriffst jede Fantasie, die ich je hatte!"Sie schloss einfach die Augen, lehnte den Kopf zurück, grinste und sagte:

„Es ist erst Heiligabend. Du kommst nie vor mir wie heute Abend. Warte ab, was ich für Weihnachten geplant habe!"

Ein erotischer Weihnachtsbesuch

Meine Frau Meagan und ich reisten nach Wisconsin, um meine Eltern bei ihrer jährlichen Weihnachtsfeier zu besuchen. Da wir entschieden, dass es einfacher wäre, mit unseren beiden Kindern (Taylor, vier Jahre alt, und Olivia, ein Jahr alt) zu fahren, als zu fliegen, machten wir uns auf den Weg durch die Staaten und zurück nach Hause. Die zweitägige Reise hatte Meagan sichtlich erschöpft, und mir ging es nicht besser. Meagans Eltern wohnten eine halbe Stunde von meinen entfernt, also einigten wir uns darauf, die Kleinen bei ihnen zu lassen. Nachdem wir sie abgesetzt hatten, machten Meagan und ich uns auf den Weg zum Haus meiner Eltern. Unterwegs bemerkte ich, dass Meagan ihr Hemd ein wenig aufgeknöpft hatte, damit sie es sich beim Dösen bequemer machen konnte.Meagans Hand ruhte während der Fahrt auf meinem Oberschenkel und mir fiel auf, dass sie einen Still-BH trug, den sie beim Stillen von Olivia getragen hatte. Er war ihr jetzt ein bisschen zu groß und ihre prallen Brüste fielen heraus, als das Auto über die Landstraße rumpelte. Ich konnte meine Augen kaum auf der Straße halten, als mich der violett-rosa Farbton ihrer Brustwarze neckte, die in den BH hinein- und wieder heraussprang. Meine Erektion regte sich, aber ich wusste, dass wir zu nah am Haus waren, um etwas in Gang zu bringen.Als wir in die Einfahrt einbogen, weckte ich Meagan sanft, und sie setzte sich auf und knöpfte ihr Hemd zu, während ich ausstieg, um unsere Sachen auszupacken. Sobald wir uns begrüßt hatten, gingen wir sofort ins Bett – es war spät und wir waren beide erschöpft.Ich erwachte am nächsten Morgen kurz vor Sonnenaufgang.

Ich wusste noch nicht, dass ein erotischer Weihnachtsbesuch noch heißer werden würde. Meagan schlief eng an mich gekuschelt und ich legte meinen Arm um sie, um sie warm zu halten. Zärtlich küsste ich ihre Stirn.Meagan regte sich und drückte ihren Körper näher an meinen. „Mir ist kalt, Liebling", murmelte sie und kuschelte sich noch fester an mich. Sie trug ein sexy Nachthemd, das ihr bis zur Mitte der Oberschenkel reichte, und ich konnte jede Falte ihres Körpers durch den seidigen rosa Stoff und die schwarze Spitze an meinem spüren. Ihre Brüste ruhten zärtlich auf meiner Brust.Ich küsste sie auf die Wange und arbeitete mich sanft nach unten, während sie ihren Kopf meinen Lippen entgegenstreckte. Ich griff nach oben, schob meine Hand unter den Saum ihres Nachthemds und merkte, dass sie keine Unterwäsche trug. Ich streichelte sanft ihre intimen Stellen und sie keuchte und stieß in mich hinein, drängte mich, weiterzumachen. Als meine Finger tiefer in sie eindrangen, beschleunigte sich ihr Atem und sie krümmte ihren Rücken. Ich konnte fühlen, wie meine Erektion sich regte, als ihre Brust aus dem Oberteil des Nachthemds herausquoll.Meagan stöhnte leise und verzog ihre Lippen auf diese sexy Art, die mich richtig anmacht. Als unser Kuss intensiver wurde, schlüpfte sie aus meinen Boxershorts und ich zog sie aus, bevor ich mich auf sie rollte, mich mit den Ellbogen abstützte und meinen harten Körper in sie hineinstieß. Ihre Arme schlangen sich um meine Schultern und zogen mich näher.„Wärme mich, Brian", flüsterte sie mir ins Ohr.Ich stieß tiefer in sie hinein, bis ich nicht mehr sagen konnte, wo ich anfing und sie aufhörte.

Als ich spürte, wie sie unter mir zu zittern begann, wusste ich, dass sie gleich kommen würde. Ich küsste ihren Hals, während ich weiter in sie hinein und dann wieder hinaus stieß. Meagans Nägel gruben sich in meine Schulter, als ich hörte, wie sie tief einatmete und leise stöhnte, ihre Augen flatterten zu und ihre Wangen wurden rosig. Ich stieß hinein und hinaus, bis ich explodierte. Mein Liebessaft drang in ihren Körper ein und ich brach auf ihr zusammen, ihr schwerer Atem wärmte meine Schulter. Ich rollte mich herunter, gerade als es an der Tür klopfte. „Brian, bist du wach? Wir hatten gehofft, du könntest heute Morgen im Stall helfen."Meagan kicherte, als ich nach meinen Boxershorts griff, bevor ich sie auf die Lippen küsste und aus dem Bett rollte, um meiner Mutter zu antworten. Die ganze Zeit in der Scheune konnte ich nicht aufhören, an den Morgen zu denken – eine erotische Weihnachtszeit hatte begonnen. Ich fühlte mich fast schuldig, als mein Vater mit mir sprach; ich hatte nicht wirklich aufgepasst, und ich glaube, er wusste, warum.Als wir mit den Hausarbeiten fertig waren, ging ich hoch ins Haus, um zu duschen. Während ich meinen Körper schrubbte, ließ ich mir das heiße Wasser den Rücken verbrühen. Plötzlich hörte ich, wie die Badezimmertür auf- und zuging, aber ich konnte nichts durch die beschlagene Duschtür sehen. Als sie sich öffnete, stand Meagan da, völlig nackt.Meine Frau kam in die Dusche und küsste mich heftig. Dann kniete sie sich auf den Boden der Dusche und leckte mit ihrer Zunge die Spitze meines Penis, und ich dachte, ich würde die Kontrolle verlieren. Ich konnte nicht glauben, dass sie das im Haus meiner Eltern tat.

Meagan sah mit einem hinterhältigen Grinsen auf. Dann nahm sie meinen Penis in voller Länge in den Mund und nahm ihn tief in den Mund.Ich hielt mich an der Duschwand fest. Meine Beine fühlten sich schwach an und ich dachte, ich könnte nicht stehen; das heiße Wasser, das über mich strömte, machte es nur noch schlimmer. Gerade als ich dachte, ich würde explodieren, stand sie auf und küsste mich heftig. Ich konnte ein wenig von meinem Liebessaft auf ihren Lippen schmecken. Ich hob sie hoch, schlang ihre Schenkel um mich und drückte sie gegen die Duschwand. Ich musste sie haben und sie wusste es.Meagan hob ihren Oberkörper, damit meine Lippen ihre Brüste erreichen konnten, und ich knabberte daran, während ich in ihren Körper eindrang. Sie hob und senkte sich mit mir, rieb sich an mir, während ich mich langsam vor und zurück bewegte. Dann begann ich schneller und härter zu stoßen, ein leises Stöhnen entrang sich meinen Lippen. Ich packte ihren Hintern und drückte ihn fester, drang tiefer in sie ein. Meagan fuhr mit ihren Fingern durch mein nasses Haar, und ich legte meinen Kopf auf ihre Schulter und drang immer tiefer ein. Ich hörte sie stöhnen, als ich mich in ihr entlud, meine Liebessäfte flossen zum zweiten Mal an diesem Morgen in ihre tiefsten Teile.Ich legte Meagan sanft ab und wir küssten uns unter dem Duschkopf. Als wir aus der Dusche stiegen, kicherte Meagan darüber, was meine Eltern wohl davon halten würden, wenn wir beide herauskämen.

Mir war das egal, als ich mein Mädchen ein letztes Mal von oben bis unten musterte, bevor sie sich das Handtuch umwickelte.
Im Stillen dankte ich dem Herrn, dass er mich bei diesem erotischen Weihnachtsbesuch mit einer so schönen Frau gesegnet hatte.

Weihnachten

Mein Mann möchte, dass ich glatt rasiert und überall kahl bin, außer auf dem Kopf, aber im Winter rasiere ich mir nicht einmal gern die Beine. Daher wird mein Schamhaar im Winter eher zu einem grob gestutzten Kasten (gestutzt, aber nicht so ordentlich) und meine Beine und Achseln werden etwa alle 3 oder 4 Tage schnell, aber unvollständig rasiert. Er beschwert sich nicht viel, erwähnt aber, wie viel lieber er mein Körperhaar unterhalb des Halses frei hat.Vor Kurzem hatten wir einen richtigen Kälteeinbruch und ich war nicht sehr daran interessiert/ neige dazu, mich zu rasieren, da ich dicke Hemden, Pullover, Sweatshirts, lange dicke Hosen, Jeans oder Jogginghosen trage, selbst wenn ich drinnen bin. Mein BH und mein Höschen sind zu dieser Jahreszeit sogar dick und bedecken mich vollständig. Mein Mann erwähnte, wie sehr er möchte, dass ich mich für das kommende Wochenende in der Woche vor Weihnachten für ihn rasiere. Ich sagte ihm, ich würde darüber nachdenken, tat es aber wirklich nicht lange.Am Tag nach Weihnachten wollten wir losziehen, um nach Schnäppchen zu suchen, und er erwähnte es wieder. Ich war in Winterstimmung – dicke Jeans, Pullover, BH und Höschen mit dicken Socken und ein paar mittelschweren Stiefeln. Ich war also alles andere als sexy. Außerdem war ich ein bisschen in der Stimmung, dass ich sagte: „Okay, so ist der Deal: Wenn du willst, dass ich mich rasiere, musst du heute etwas tun, um es dir zu verdienen." Er lachte und sagte: „Was?"

Ich lächelte und sagte: „Okay, heute trägst du deine engen, sexy Jeans, aber keine Unterwäsche. Ich möchte, dass du siehst, wie es sich anfühlt, nicht komplett von der Kälte bedeckt zu sein. Wenn du das machst UND mich heute Abend, wenn wir nach Hause kommen, DICH rasieren lässt, werde ich darüber NACHDENKEN." Er lachte und sagte: „OK". Ich hätte nie gedacht, dass er darauf eingehen würde, also war ich ein bisschen überrascht.Er ging schnell zurück ins Schlafzimmer und kam bald darauf in engen Jeans und mit einer leicht sichtbaren Erektion zurück. Ich lachte nur und wir gingen zum Einkaufszentrum. Sobald ihn die kühle Luft traf, verschwand seine Erektion.Als wir im Einkaufszentrum waren, war ich schrecklich und neckte ihn beim Einkaufen. Ich ging an ihm vorbei oder stand neben ihm und streifte ihn ständig mit meinem Körper oder meiner Hand. Ich sorgte dafür, dass mein Hintern und mein Bauch den ganzen Tag über regelmäßig an ihm rieben. Ich hielt sein Paket ein paar Mal leicht in der Hand, während wir zwischen den Regalen standen, und sogar einmal auf einer Rolltreppe in voller Sicht des Ladens. Seine Erektion war hart und fast den ganzen Tag lang am Hosenbein sichtbar, wenn jemand hinsah. Ich bin nicht sicher, ob es jemand anderes tat, aber ich weiß, dass es mir so ging.Wir waren in vielen Geschäften, aber ich habe auf jeden Fall MEHRERE Dessous-Abteilungen und einige Fachgeschäfte besucht und mir ständig knappe Dessous, sexy BHs und Höschen angeschaut. Jedes Mal, wenn ich mir etwas wirklich Sexyes ansah, streifte ich ihn wieder und flüsterte ihm etwas darüber zu, wie es sich an meinen steinharten Nippeln oder meiner nassen Muschi anfühlen würde. Wenn es im Schritt offen war, sprach ich darüber, wie viel ich durchsickern würde.Mein Mann liebt mich in schwarzen Strings, also habe ich mir bestimmt 15 davon angeschaut und darüber gesprochen, wie der dünne schwarze Riemen zwischen meinen festen Pobacken aussehen und sich anfühlen würde und wie der kleine Stofffleck durchnässt wäre und mich kaum bedecken würde. Sein Schwanz war ein paar Mal so hart, dass ich dachte, er würde gleich dort im Laden kommen, und seine Hose spannte fast die ganze Zeit, als wir bei Victoria's Secret und im sexy Dessous-Shop des Einkaufszentrums waren, stark.Gegen 17 Uhr waren wir im Einkaufszentrum fertig, aber ich wollte noch nicht nach Hause gehen, also gingen wir in ein Restaurant in der Nähe essen. Während des Essens sagte ich ihm immer wieder, wie sehr ich seine engen Jeans liebe und streichelte ihn sanft unter dem Tisch. Als die Vorspeise kam, war er kurz davor zu platzen, aber ich ließ ihn in Ruhe essen.Sobald wir ihn hatten, ging er ins Schlafzimmer, holte meinen Intimrasierer heraus und zog seine Jeans aus. Er lächelte und sagte: „Ich habe meinen Teil getan, tu jetzt deinen und dann machen wir dich glatt." Ich konnte in seinem Gesicht sehen, wie sehr er das wirklich wollte. Ich wusste auch, wie sehr ich ihn den ganzen Tag gequält hatte, also sagte ich ihm, er solle sich ein Handtuch holen und sich aufs Bett legen.

Er tat es und ich machte mich an die Arbeit.Ich hätte ihn wahrscheinlich in 5 Minuten glattrasieren können, aber ich brauchte 20 Minuten. Ich streichelte und massierte und bearbeitete die ganze Zeit seinen Penis und seine Hoden. Ich beobachtete seine Augen und sein Gesicht. Er genoss jede Minute, gab sich aber auch große Mühe, nicht zu explodieren. Endlich hatte ich seine Leistengegend, seinen Penis, seinen Hodensack und sein Arschhaar frei. Er sah fantastisch aus und war auch etwa 5 cm größer.Als ich fertig war, sagte ich ihm, er solle einfach liegen bleiben und ich würde in ein paar Minuten zurückkommen, wenn ich mit dem Duschen fertig wäre. Er lächelte und sagte: „Nicht so schnell, du machst deine Arme und Beine fertig, aber komm wieder hierher, wo ich deine Muschi und deinen Hintern machen kann." Ich lachte und stimmte zu. Zwanzig Minuten später lag ich auf dem Bett auf einem Handtuch, mit nichts anderem an als einem Handtuch um mein Haar und meinem Mann, nackt vor mir, mit einer riesigen Erektion, während er mit meinem Intimrasierer an meiner Muschi arbeitete.Er hat mich gut bearbeitet. Er hat jedes Haar aus meiner Muschi und zwischen meinen Beinen entfernt und dafür gesorgt, dass die Luft aus meinem Hintern rauskommt, genau wie ich es bei ihm getan habe. Ich glaube, er hätte es auch in 5 Minuten schaffen können, aber er hat sich wie ich 20 Minuten Zeit genommen, nur um sich ein bisschen zu rächen und es auch ein bisschen mehr zu genießen, schätze ich.Als er fertig war, war ich klatschnass und er wusste es. Wir waren beide in Stimmung und legten schnell los.

Wahrscheinlich eine Minute, nachdem er fertig war, hatte er mich auf den Rücken gelegt und meine Beine um seinen Hals geschlungen. Es dauerte nicht lange, bis einer von uns kam. Er spritzte mir eine riesige Ladung und ich hatte ungefähr 5 oder 6 riesige, zitternde Orgasmen. Danach küssten und rieben wir uns einfach aneinander, während er sich erholte. Innerhalb weniger Minuten war er wieder bereit und wir legten los. Nach dieser Runde waren wir beide so erschöpft, dass wir einfach die Decke überzogen und nackt in den Armen des anderen einschliefen. So wachten wir auch am nächsten Morgen auf, ineinander verschlungen und bequem.Am nächsten Morgen hatten wir noch eine Runde, nahmen zusammen eine schöne heiße Dusche und gingen dann zur Kirche. An diesem Morgen trug ich allerdings einen schwarzen Stringtanga und einen dazu passenden transparenten BH unter meiner schönen, neuen, etwas eng sitzenden Anzughose, einen kuscheligen Pullover, transparente schwarze Socken und ein paar ziemlich heiße High Heels, während mein Mann seine engen Jeans, ein Paar enge transparente Slips, die ich ihm vor ein paar Monaten gekauft hatte, und ein schönes Hemd trug. Wir hatten eine schöne Zeit in der Kirche, aber wir hatten es beide eilig, nach Hause zu kommen.Wir kamen nach Hause und machten noch eine Runde, während wir einen Film sahen. Seitdem rasiere ich mich jeden Tag und habe vor, mich im Winter regelmäßiger zu rasieren, da ich jetzt sehe, was das mit meinem Mann macht. Er lässt sich jetzt auch zweimal pro Woche von mir rasieren. Ich glaube, wir haben etwas Schönes gefunden, das wir miteinander teilen können.

Die Autorin

Maria Valleetsy

In meinem wirklichen Leben bin ich Sexualtherapeutin.
Ich bin nicht nur besessen von Sex für die Arbeit.

In meiner Freizeit reise ich durch das Land und besuche es gerne
Swingerclubs. Persönlich und beruflich erlebe ich die heißesten
und heißesten Geschichten und Sex-Geständnisse.
Meine Patienten und ich und meine Sexpartner erzählen mir den
wildesten Unsinn, den ich unzensiert zu Papier bringe und
ausführlich
weitergebe und weitergebe.

Neben meiner Leidenschaft für wilden Sex ohne Tabus nehme ich
kein Blatt vor den Mund

— Maria Valleetsy, Sexual Therapist and Author

Meet your next favorite book

SCAN ME

9 798224 577705